이성섭 제3시집

수채화 속에 그려진 세상

국립중앙도서관 출판시도서목록(CIP)

수채화 속에 그려진 세상 : 이성섭 제3시집 / 지은이: 이성섭. — 서울 : 한누리미디어, 2011
p. ; cm

ISBN 978-89-7969-403-1 03810 : ₩8000

한국 현대시[韓國 現代詩]

811.7-KDC5
895.715-DDC21 CIP2011004333

이성섭 제3시집

수채화 속에 그려진 세상

한누리미디어

내 작은 삶을 자연에 묻고 그 나름대로의 숙성 과정을 거쳐 발효시킨다면 어떤 맛을 지닌 결정체가 만들어질까. 문득 구수한 된장 맛이 듬뿍 배인 토속미가 입맛을 돋우는 그런 삶이 창출되지 않을까 싶은 생각이 든다.

어린 시절, 아니 서울로 이주하기 전까지 나는 젊은 시절을 자연에 내맡기고 스스로 동화되어 사계절의 변화에 순응하고 자연스럽게 사색하며 사유의 세계에 깊이 빠져 삶을 관조해 왔는데 새삼 그 시절의 감흥이 가슴 깊이 스미어 온다. 어쩌면 시재(詩才)가 그 당시에 형성되었다고 격려하던 어느 평론가의 말 한 마디가 실감되는 이즈음에 왠지 모르게 허송세월했다는 생각이 들어 한편으론 씁쓸하다.

내 삶에 있어 진작부터 시 창작에 전념하고 그 방면으로 활동할 수 있었다면 시인으로서 지금과는 판이하게 다른 위치에서 왕성하게 문단활동을 할 수 있었을 텐데 인생여정이 그렇게 흐르지 못했던 것이 조금은 아쉽게 느껴진다.

그러나 비록 이순(耳順)의 문턱이긴 하지만 금년에 시인으로 문단에 등단도 하고 개인 시집을 세 권이나 상재하게 되었음에 깊은 성취감도 얻게 되었다. 내 인생사에서 남은 여정에 어떤 변화가 생길지는 모르겠지만 어쩌면 전생을 통틀어 최고의 한해가 아닌가 싶다.

현실적으로 서점에서, 아니 독자들에게 시집이 읽혀지지

않는 세태라고 말들 하는데 내 시집 또한 읽혀지지 않는다 하여도 내 인생에서 숙제 같은 60 성상을 시집으로 정리하여 엮을 수 있었기에 가슴 뿌듯하고 홀가분하다. 아울러 단 한 명의 독자라도 내 시로 하여 감명을 받을 수 있다면 더 바랄 것이 없다는 생각이다.

인생은 육십부터라는 말이 있다. 내년부터는 새로 태어난다는 각오로 수필 창작이라는 새로운 영역에도 도전해 볼 생각이다.

금년에 세 권의 시집을 발간하게 된 것은 과거에 습작해 놓았던 작품들이 대부분이었기에 가능했던 일이다. 이제부터는 새롭게 창작의 세계에 뛰어들어 새로운 다짐으로 작품 활동에 임하겠지만 책으로 엮기까지는 상당한 시간이 걸릴 것이다. 그래도 1년에 한 권 정도는 발표할 마음가짐으로 창작 활동에 전념할 것을 다짐해 본다.

끝으로 문단 등단과 함께 시인의 길로 안내해 준 김재엽 한누리미디어 대표께 감사드리고, 작품 평설과 더불어 시 창작을 지도해 준 홍윤기 박사님께 심심한 감사의 인사를 드린다.

2011년 가을의 한복판에서

저자 **이 성 섭**

차례

별 이야기

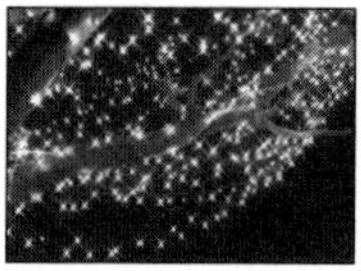

제 1 부

삶

제2부

차례

산골살이

제3부

제4부 수채화 속의 세상

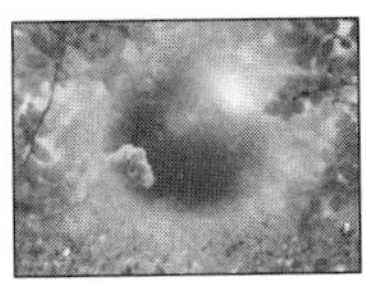

차례

사랑일기

제5부

제 1 부

별 이야기

秋林 · 1/ 秋林 · 2/ 秋想
코스모스/ 별 이야기 · 1/ 별 이야기 · 2
별 이야기 · 3/ 별 이야기 · 4/ 별 이야기 · 5
별 이야기 · 6/ 지금 그는/ 사랑새
울타리콩/ 산길/ 묵밭/ 화원
비 이야기/ 낙엽이 가는 길

秋林 · 1

휘둥그레진 눈
세상에 펼쳐진 저 붉은 마음들

아름다움을 만들기 위해 단풍은
퇴색의 길을 택하고
본능을 부르는 새들의 날갯짓
생명을 다하여 우는 벌레는
잠들 곳을 찾는다

고독은 푸르러진 개울물같이
밀려오고
단풍진 곳마다 낙엽 쌓여
나를 찾는 의문들이
더 깊은 가을 속으로 이끈다

삶이란 덧없는 것
모두 아름답게 사라지는 곳에
고독이 산재한다는 것
기러기 날아간 빈 자리처럼
아쉬웁고 공허하다

秋林 · 2

청천 하늘 바다
하얀 구름 하나 가을을 싣고
서쪽으로 떠나간다

무수히 내렸던
가을의 산재들
아름다움이 절정을 이루고

이 순간을 즐기기 위해
깊은 가을 다 소멸시키고
다음 가을 위해
가을을 거두어간다

파란 하늘 속
가을을 싣고 떠나가는 구름 하나
아쉬워
마지막 가을꽃을 내린다

秋想

낙엽아 낙엽아
낙엽 지면 어디로 가느냐

낙엽 지자 풀벌레 울어대고
기러기 높이 떴구나

이제 임무를 마친 가을아
가는 가을 조금만 늦추어라

남겨진 가을 속에
내 할 일이 남아있구나

코스모스

붉은 바닷물결이 너울로 밀려온다

향기에 취한
어부들은 넋을 잃고
무희들은 춤을 멈추지 않는다

연인 되어 걸어가는
행복한 미소들
온몸으로 붉게 물들어간다

누가 슬픈 얼굴로
이 길을 걷겠는가
코스모스 꽃길 아름다워라

가을이 오는 꽃의 절정이여

별 이야기 · 1

너를 생각하면 별이 떠오른다
별들 속에 유독 작은 별
그래도 너는 별이다

너를 보면 별이 흐른다
반짝이며 흐르는 별
미리내 속의 별이다

우주는 넓고 별들은 많고
내 작은 별이 좋은 것
너도나도 외로운 별

오늘도 너를 생각하면
별이 떠오르고
너는 홀로 있다

네 곁으로 가는 나도 별이 된다

별 이야기 · 2

둘이서 걸어가는 산길
손으로 체온을 나누며
밤길을 걸어갑니다

발자욱 소리에 놀라
새는 어둠 속으로 날아가고
바람 한 점 없는 산은
무겁게 앉아있습니다

별 위에 별이 있고
별 속에 별이 있어
밤바다는 미리내가 되었고
그 속에 우리가 있습니다

수많은 촛불을 밝히듯
축복같이 빛나는 별
반짝반짝 꿈을 만듭니다

꽃으로 빛나는 보석
모이고 쌓여
사랑이 되었습니다

별 이야기 · 3

새소리 신호를 듣고
그녀가 밖으로 나왔다

꽉 찬 별들
수많은 별들 속에 우리가 있다
그녀의 눈 속에 별이 젖어
하얀 손수건에 별이 묻어난다

가난 때문에 학교를 그만두고
취업하게 되었다는 그녀
내 무능력이
이때처럼 아플 줄은 몰랐다

오늘 따라
유난히 많은 별이 떠오른다
전화벨이 울린다
그녀의 전화다

한층 밝아진 그녀 목소리
친척 도움으로 간호전문대를 나와

독일 병원에 취업했다고…
그곳에서 독일 청년을 만났단다

별이 온통 물에 젖어 반짝인다
내 손등에서도 별이 떠오른다

그래 행복해라
더 이상 별을 가슴에 묻지 말자

별이 다시 떠오른다
나는 또 다른 별을 찾아 나선다

별 이야기 · 4

별아 떠올라라
내 님 창가에 서서 별을 볼 때
나도 별을 보며
님 그리워하자꾸나

별만 봐도
알 수 있는 님의 말들
깜박 깜박
내 마음까지 전해질까

새록새록 들려오는 말들
오늘은 무슨 말을 할까
눈을 들어 별을 본다

별아 이젠 그리워만 말고
네가 떠오르는 창가에서
함께 별을 보는 우리가 되고파라

별 이야기 · 5

오랜 장마 끝에
이제사 별이 떠오른다

아 별이구나
가슴 뭉클하게 별이 떠오른다
별이 없었다면 캄캄한 하늘 속
얼마나 두려웠으랴
하나님께서 주신 선물이니
내 너를 즐긴다

이제 더 이상 별을
가슴에 묻지 말고 남기지 말자
축복의 완성도를 위해

별이 반짝인다
수도 없는 무한궤도에서
내 하나의 마음을 달래려
저렇게 많은 별이 떠오른다

별 이야기 · 6

저녁녘 별 뜨는 언덕에 앉아
하늘을 보니
별빛 속에 낙엽져 가을인 줄 알겠고
바람 불어 가을이 깊었다

미리내는 흘러도
등대별은 반짝이며
하늘바다를 지켜가고
길을 잃은 마음 등대별 찾는다

돌아가자
가까운 듯 멀고 먼 고향길
뒷문 밖 나무에 걸친 별 바라보니
저 멀리서 아스라이 반짝인다

별을 세고
다시 세어지는 별들
저 멀리서 꿈처럼 밤을 새운다

지금 그는

어디쯤 가고 있을까
멀고 먼 길
길을 잃지는 않았을까

어떻게 남았을까
고운 빛
퇴색되지는 않았는지

불어가는 바람에 소식 전해도
불어오는 바람 소리뿐

세월에 묻힌 빛바랜 사진처럼
어디에 머무르고 있는지

지금 그는…

사랑새

한창 따스한 봄날 날아갔던
철새들이 돌아올 때가 되어
뜰 앞 단풍나무에 매달아 놓은
새 둥지를 청소하기로 했습니다

둥지를 열며 화들짝 놀랐습니다
그곳에 여름철새 두 마리가
서로 부둥켜안고 죽어 있었습니다

이웃 둥지에서 태어나
서로 사랑하는 사이가 되어
들꽃 무성한 숲으로 먹이 찾아 함께 날았습니다

나뭇가지 사이로 곡예하던 사랑새는
밤이면 둥지에서 함께 살며
비가 오면 서로 보듬어 체온도 나눕니다

여름엔 풍성한 먹이
곱게만 피어 있는 들꽃들
사랑새는 행복하기만 합니다

어느덧 여름은 가고
단풍잎 곱게 물들어 가는 가을
울긋불긋 산천이 변해 가고
하늘은 더 푸르러졌습니다

이곳저곳을 날며
산 넘어 아름다운 곳을 찾아봅니다
창공 높은 곳에서 세상을 보며
행복한 이곳에서 오랫동안 살 것을 약속합니다

낙엽이 하나둘 떨어지고
서늘한 바람이 불어옵니다
하지만 사랑새는 관여치 않습니다

낙엽진 곳을 날며 사랑을 확인하고
외롭게 핀 가을꽃 속에서 깊이 사색도 합니다
모두 떠나 버린 철새들
하지만 사랑새는 정든 이곳을 떠나지 못합니다

찬바람이 불어옵니다

가을은 저만치로 떠밀려가고
겨울이 성큼 다가옵니다

그 많던 먹이도 다 사라져 버리고
화려했던 단풍나무마저
잎을 모두 떨군 채 바람을 맞고 있습니다
하얀 눈마저 내립니다

사랑새 한 마리가 눈 속을 날아
얼어붙은 벌레 한 마리를 물고 옵니다
둘이는 체온으로 녹여 나누어 먹습니다

"너무 추워요
가까이 다가와 추위를 녹여요"
한결 훈훈해졌습니다

서서히 굳어가는 몸 추슬러 날갯짓합니다
"힘을 내도록 해요
조금만 있으면 봄이 올 거예요"
추위 속이지만 함께 있어 다행입니다

이젠 몸도 제대로 움직일 수 없습니다
마지막 남은 힘을 다해 서로를 바라봅니다

새야 새야 사랑새야
봄이 또다시 오리니
다시 태어나도 사랑새 되어
못다 한 사랑을 나누려무나

울타리콩

나무 울타리를
울타리콩이 타고 오른다

참새들 동네 한 바퀴를 돌아
나무 울타리에 내려앉고
울타리콩 한가롭게
참새들 사이에서
꽃잎 바람에 흔들린다

아름답고 여유로운 꽃잎
사람들은 콩을 생각하며
꽃은 보이지 않는지
꽃잎 져야 콩이 열매를 맺는
순수한 이치마저 외면하려 한다

울타리콩을 뽑아 버리려는 누이야
놔둬라
그 울타리콩은 나무울타리를
장식하고자 하는 자연의 순리란다

초가집에 나무울타리
초라하고 생명력 없어도
나무울타리에 걸친 울타리콩
초가집과 어우러져 아름답기만 하다

한 폭의 동양화여!

산길

산길은 오솔길
녹음 짙은 좁은 길
새들이 노래하고
산내음 나무내음이 그윽한 곳

산길은 꽃과 나무 아껴
저절로 자연을 사랑하는
사랑이 피어나는 곳

산길은 머리가 비워지고
마음이 소탈해지는 곳
욕심마저 버려지는 곳

산길은 꼬불꼬불 돌아가는 길
길마다 다르고
모습마다 새롭다

묵밭

텃밭을 갈아엎는 아버지의 목소리가 들린다

이랴 이랴!
누런 흙이 뒤집혀 나오고
어지러이 흩어진 흙이 다시 묻힌다

이젠 풀로 뒤덮인 텃밭
군데군데 이름 모를 꽃들이 피어 있다
아버지의 땀방울이 꽃으로 피어났을까

"아버지!
당신께서 소중이 여겼던 텃밭이
송구스럽게 묵밭이 되었습니다
이제라도 시간을 쪼개어 텃밭을 가꾸렵니다
무 배추 심고 들깨 콩도 심어
당신 모습 흉내 내렵니다"

이름 모를 꽃들이 노랗게 물들어간다
깊은 골에 고였던 아버지의 구슬땀이 보인다

화원

꽃을 안고 오는 님
꽃인 줄 알았소

님이 꽃 속에 있어
꽃이 예쁜 줄 알았소

향기에 취해
꽃인 듯 님인 듯
내 눈이 가물거리오

게 있소
꽃을 쫓아가는 내 모습
붉게 물들고
마음엔 꽃이 만발하오

비 이야기

보슬비가 보슬보슬
꽃 속에 송글송글

아기 꽃 속에서 방글방글
나는 다음엔 꽃이 될 거야
엄마 꽃 속에 비 싱글싱글
꽃을 키우는 건 비란다
그렇게 좋은 거야
그럼 네가 타고 좋아하는 사슴도
비로 키우지

아기 꽃 속에 비 생글생글
비가 좋은 거구나
엄마 꽃 속에 비 흐뭇한 듯 벙글벙글
아기 꽃 속에 비 초록초록
다음엔 꽃도 키우고
사슴도 타고 놀아야지

보슬보슬
보슬비가 내린다

낙엽이 가는 길

낙엽이 지는 줄로만 알았습니다
갖가지 모양으로 물들고
모습대로 떨어져
비로소 멋있는 줄 알았습니다

낙엽이 멋있는 줄로만 알았습니다
낙엽이 질 때마다
묻어두었던 기억이 솟아나고
옛일을 기억하게 합니다

낙엽이 그리움인 줄만 알았습니다
낙엽 지자 인생이 허무인 걸 알았고
사각사각 사색하며
나를 뒤돌아보게 합니다

여기까지 온 것조차 모르고 왔습니다
낙엽도 그리움도 허무한 사랑도
깊은 가을 속에 있다는 걸
이제사 알았습니다

제 2 부

삶

오랑캐꽃

보라색 꽃잎에
알은 품고 숨은 듯 피어 있는
오랑캐꽃

멋모르고 따라온 전쟁
잘 따라오라고
오랑캐꽃 캐어
책갈피에 넣어주던 님

피보다 진한 보랏빛 꽃잎
남겨 놓은 채
너는 이대로 갔단 말이냐
꽃잎 곱게만 피었어라

숨은 듯 고개를 내민
오랑캐꽃
넋으로 남아 있다

이름 모를 꽃 앞에 서서

장대비로 지면을 두들겨
잠자는 영혼의 싹을 깨워
새싹이 돋게 하는 경이로움 속
노랗게 꽃을 피운 이름 모를 꽃

순수하고 깨끗한 꽃 빛깔
감춘 듯 드러내는 아름다운 꽃내음
내 눈을 꽃으로
후각을 향기로 채운다

진정한 사랑은 속박이 아니고
행복은 겸허한 데서 오고
명예는 억지로 만들어지지 않는다고
꽃은 내게 소리 없이 전한다

이제사 알아버린
이름 모를 꽃이 피는 까닭

변색

참으로 몰상식한 놈이다
참혹하리만큼 사람을 대하고
용서와 관용은 찾아볼 수조차 없다
그는 그의 집에서도 대단한 폭력을 휘두를 거다
몰래 그의 생활을 엿보기로 했다
놀라운 일이다
두 눈을 의심하지 않을 수 없다
그는 자기의 엄마 그리고 아내 앞에서
예쁜 짓을 하고 있었다
행복해 하는 어머니와 아내
갑자기 그는 울적한 생각마저 든다
사람들 앞에서 무섭게 보인다고
얼마나 고심했을까
꽃을 보면 안 예쁜 꽃이 없듯이
그도 또한 약한 면도 있다는 것을 이제사 알았다
젊은이여
어머니와 아내 앞에서 했던 사랑의 몸짓
이젠 모든 사람들에게 전해
사회에서 존경받는 사람이 되어
어머니와 아내를 기쁘게 해 주오

어머니를 위해
아내를 위해
당신을 위해
그리고 당신의 자녀를 위해

삶 · 1

꽃이 꽃을 보며
살라 하네

주어진 아름다움을 가꾸고
채워진 향기를 간직하라 하네

부귀는 소용없고
명예는 뜬구름 같아

나는 모르오
꽃을 보면 욕심마저 사라지는 것을

그러고 보니
몸도 마음도 가벼움을 느끼오

꽃이 피고 지고
그곳에서 살라 하네

삶 · 2

할 일이 많으오
만들고 세우고 갖추고
사랑도 하고 싶으오

가고픈 곳도 많다오
산으로 바다로
먼 미로의 여행까지

갖고픈 것도 많으오
남에게 없는 것
홀로 갖고 싶으오

간직하고픈 것도 있다오
고운 그대 목소리
아름다운 그녀의 모습

시간이 없소
하루가 가면 내 할 일 줄어들고
언제 다시 그 일들을 하겠소

삶 · 3

여보시오
거기 누구 없소

나는 마음이 어두운 자요
사방이 캄캄하여
앞을 볼 수 없소
더듬더듬 가는 길
넘어질 듯하오
누가 나에게 빛을 주시오
촛불이라도 좋소
조심스레 가겠소
나는 어둠 속을 가야 할
숙명의 사나이요
한 때는 길도 있었소
방황하여 길을 잃었소
아니 길을 버렸단 말이오
길이 아닌 길이
더 좋고 재미 있는 줄 알았소
이제 보니 그 길은 함정이었소
깨어 보니 어둠뿐이오

길을 가게 나에게 빛을 주시오
이대로 엎어질 순 없잖소
나도 소중한 사람이니까

여보시오
여보시오

삶 · 4

솔나무 속
새 두 마리
나뭇가지 사이를 뛰고 오르고 날고
하늘 높이 솟아 올라
숲으로 사라지더니
솔나무 가지 속에
동그란 둥지를 틀어놓았다

하는 짓이 사람을 닮았다
눈이 맞아
웃고 울고 아우성치더니
살 집을 마련하고
결혼식을 올린다

사람이나 새나
눈만 맞으면
세상 보이는 게 없나 보다

그렇게 좋을까

젊은 날들

어디로 갔을까
어떻게 찾을 수 있을까
아픔도 많았고
방황하며 헤매이기도 했지만
그 속에 기쁨도 있었고
사랑도 있었다

슬픔도 알고 보면 사색이었고
방황마저 나의 길이었는데
돌아보니 텅 비어 있다

사랑도 이젠 아쉽고 그리워진다
그렇게 처절하게 좋아하고 미워한 것은
사랑이 깊어서였으리라

다시 돌아갈 수 없을까
푸르고 푸른 날들
이젠 내 머리 속에
추억으로만 남아 있다

모두 어디로 사라졌단 말인가

서녘에 서서

노을이 빨갛게 물들어 가는
서녘 하늘에
한 무리 새떼들 점점이 날아간다
산은 어둠에 휩싸이고
낮달이 밝아온다

새들은 어디로 날아가는 걸까
무엇이 그들을 부르기에
머나먼 노을 속을 끝없이 날아갈까
끝없이 노을 속을 날아가면
노을 속일까

별이 하나둘씩 떠오른다
가거라
힘들면 다시 내게 돌아오라
내 품을 비워 놓을게

가슴이 졸아드는 기다림같이
새들은 보이지 않는다

연자방아

연자골 연자방아
돌고 돌아
방아를 찧는다

보리방아 찧으랴
밀방아 찧으랴
산골 처녀 가슴이 뛴다

연자골 연자방아
돌고 돌아
세월이 간다

큰 돌 되어 버린
연자방아
사연도 많구나

아이들이 올라 타
한가롭게
놀고 있다

개미들의 사냥

물망초대에서 개미들이
자벌레를 공격한다

개미들이 떼지어 자벌레 등에 올라타
사정없이 자벌레를 물어댄다
개미들이 물 때마다
파란 피가 흐른다

자벌레의 몸을 이리저리 비틀고
개미들은 송곳니를 휘둘러
자벌레를 물어뜯고 있다
앞뒤로 막아선 개미들의 협동공격에
자벌레는 서서히 힘을 잃고 있다

이 때다 싶어
수십 마리 개미들이
자벌레 등에 올라타
사정없이 물어댄다
이제 자벌레는 움직임조차 없다

자벌레는 껍데기만 남았다
개미들은 껍데기마저 토막내어
집으로 가져간다
자벌레는 어금니만 동그랗게 남아 있다

물망초대가 바람에 흔들거리고
아무 일 없었다는 듯
잠자리 한 마리 물망초 꽃에 앉아
날개를 말린다

여름날 오후는 한가롭다

날아라 비둘기

평화의 상징이라고
공원에서 비둘기를 기른다

먹이 주면 받아 먹고
먹이 주워 먹고
공원이 세상 전부인 줄 안다

어느 날부터
'비둘기에게 먹이를 주지 마십시오
비둘기 똥 때문에 사람이 고통받습니다'
라는 팻말이 걸려 있다

비둘기야 세상은 넓단다
서울을 벗어나면
넓은 숲과
산과 계곡이 있어
너희들이 살기 좋은 곳이 많단다

사람들에게 구걸하지 않아도 되고
자유롭게 숲을 날며

함께 모여 살 수 있단다
이제 높이 날아 먼 곳까지
날아가 보자

원추리꽃 · 1

언덕에 앉아
원추리꽃을 바라본다
네가 참말 꽃이구나

저 멀리서 버스가 온다
혹시 님 올까
버스 그냥 지나친다

실바람은
언덕으로 몰려오고
꽃향기 사방으로 손 뻗는다

꽃이 제아무리 아름다워도
사람 아름다움에 비하랴

사랑하고 미워하며
웃고 울며
연인이 될 수 없는 걸

이렇게 초라히
기다림이란 지루한 시각
원추리꽃 곱게 피었어라

원추리꽃 · 2

꽃아 꽃아 원추리꽃아
너 참 잘 생겼구나

산 곳곳에 피어나
곱게도 산을 장식하고
향기롭게 하는구나

떠나간 님
어서 돌아오라고
붉은 깃발 걸어 놓은 듯
멀리서도 네 모습 선명하다

한 줄기 소나기 지난 여름날
널려 있는 붉은 마음
바람에 나부낀다

등산객

무거운 배낭을 짊어지고
낑낑 산을 오르는 이여
무엇을 찾으러 왔는가

꽃이 아름다워도 보지 않고
새가 울어도 듣지 않고
앞만 보며 오르고 있는데

숲에서 새어나오는 바람
산내음 물씬 풍겨나고
싱그런 물소리 가득하다

어렵게 오른 정상
큰 바위에 올라 소리친다
야호~

무거운 가슴 토해내고
화색 가득 담은 얼굴
하산의 발걸음은
사뿐사뿐 경쾌하기만 하다

산딸기

오솔길가에
산딸기가 빨갛게 익었다

붉은 빛 해맑게
푸른 풀잎을 붉게 물들인다
긴 가지에 붉게 매달려
산딸기 꿈을 부르련가

몇 알 따먹어 볼까
놔두자
저리 예쁜 모습을 어찌
먹을 수 있으랴

한 무리 오목눈이새들이
딸기나무 속으로 스며든다
그들도 딸기를 먹지 않고
바라만 보고 있구나

새들도 아름다움을 아는가 보다
소풍 온 아이들처럼

가지 사이를 누빈다

산골 살 길 잘했다
저리 아름다운 모습도 보고…

울어라 징아

앞산 언덕 외딴집에 사는 아저씨
약초 캐러 갔다 늦으면
부인이 징을 두드려 마중 나오고
부인이 장에 갔다 늦으면
아저씨가 징을 두드려 마중 나가
징소리 산너머까지 울려 퍼진다

어느 날부터 징은
아침에도 점심에도 저녁에도
때를 잊고 징징 울어댄다
가난이 싫다고 집 나간 아주머니
어서 돌아오라고
징을 두드려대는 아저씨
아주머니 없인 아무것도 할 수 없는
그 아저씨
그저 징을 두드릴 뿐이다

울어라 징아
아주머니 있는 곳까지 울려 퍼져
아주머니 돌아오게 세차게 울어다오

애달픈 징소리 메아리 되어 퍼지는데
새들도 놀라지 않고
노루도 뛰지 않는다

그래도 징은 계속 울어야 한다
아주머니 돌아올 때까지…

제 3 부

산골살이

산골살이 · 1

적막한 산골
침묵이 흐르는 순간
뽀르릉 뽀뽀릉 청량한 새소리
숲을 지나 메아리로 돌아온다

녹색 물결
녹음이 뭉쳐져 모인 곳에
빨간 꽃 한 송이
붉은 빛 사방으로 번진다

풀숲 깊은 곳
바위가 톡 불거진 곳에
퐁퐁 샘물이 흘러 나와
물줄기 숲을 돌아간다

아무도 없는
조용한 숲속에서
곤충들이 날고 뛴다
생존경쟁이다

이곳저곳 살피고
이 모양 저 모양 보고
그래도 다 볼 수 있도록
시시각각 모양이 변해 간다

산골살이 · 2

얼었던 산이 풀리고
따스한 바람이 불어온다

강아지 멍멍 짖다가
앞산을 바라본다

밤새 두견새 울어
두견화 피어나고
물오른 나무마다 실눈 터지고
새들은 둥지를 새로 짓기 시작했다

누구 볼 이 없는 산골
이 뜻 모를 기다림은
오는 봄 속에 내 있음일까

망태기 걸머지고 봄을 찾아 나선다
큰 바위에 앉아
먼 남녘 산을 바라본다

뭉쳐진 수채화

코발트색 봄 빛깔
고요처럼 밀려온다

어디론가 떠나야 할
내가 있다

산골살이 · 3

어둠은 그림자를 앞세워
산 너머로부터 산을 덮어오고
낮에 울던 새들은
둥지 속으로 스며든다

마당으로 나와
떠오르는 별들을 바라본다

저 별은 무슨 별
이쪽 별은 어떤 별
하늘 속 꽉 찬 별들
너무 많아 그냥 별이 된다

별을 보고 항해하는 달은
서쪽 어느 곳으로 가기에
조각달이 되었을까

밤새가 적막을 깨어놓고
물소리 깊어진다

도시에서 얻은 상처 씻어내고
부끄럼 없이 살아갈 일만 남았다

애초 산골살이가 내 삶이란 걸
이제사 느낀다

산골살이 · 4

산에 산에 꽃피어
나를 살라 하네

산에 산에 꽃피어
꽃 속에 묻혀 보라 하네

덧없는 삶이 한낱
구름인 것을

모으고 쌓은 것
무너지고
단련시킨 몸
시들어가네

그리 애달프고
가슴 졸였다면

차라리 진작 산에서나
살아보았을 걸

산에 산에 꽃잎 져
지는 꿈도 아름답다 하네

산에 산에 꽃잎 져
다시 꽃필 날 기다린다네

산골살이 · 5

산골은 적막하다
고독하고 외롭다

하지만 자연 속 자연인이 된다면
주위가 온통 이웃이 된다

새들이 둥지 틀어 노래하고
꽃과 나무 속에 곤충들이 모여 살고
물소리 바람소리 깊어진다

비가 오면 비는
나뭇잎과 이야기 나누고
봄 여름 가을 겨울
동양화는 수시로 그려진다

근심 걱정 욕심 없는 곳에
세월이 가는지 오는지
나이는 먹는지 마는지…

이곳 저곳 참견하다 보면
산골살이 바쁘기만 하다

이슬

누가 밤새 울었기에
꽃송이 눈물
송글송글 맺혔나

누가 눈물 씻어주었기에
눈물 사라지고
청순하기만 할까

눈물 닦아주고
아픈 마음 위로하니
꽃송이 더욱 아름다워라

노송

거북이 등을 다닥다닥 붙여 놓은 듯
격조 높은 모습이여

가지가 늘어지고
솔잎 사철 푸르러
선비의 기상이 서려 있다

예서 놀던 선비 간 곳 없고
시 한 수 들려올 듯한데
대대로 둥지 틀었던 산비둘기
역사를 아는 듯 울어댄다

덕을 쌓고
우정을 나누던 옛 동무들
어디로 갔을까

나라에 큰일이 일어날 때마다
울었다는 울보나무
노송이 풍류스럽게 서 있다

안산

비온 뒤 집앞 안산이
해맑구나

새들은 둥지로 스며들고
꽃은 피어나고

낮달이 넘어가는 산마루
꿩이 능청스레 울어댄다

새벽 기침하는 옛 선비
無想히 너를 보고

아동들 글 읽는 소리
깊어지면 절로 늙음이여

안개 속에 묻혀 산은
강물이 흐르는 듯하구나

오솔길

어느 누가 만들었을까
사색 깊은 이 길을

고요가 넘쳐나고
침묵이 흐르는 오솔길

無想의 의미를 남겨놓고
묶었던 가슴을 내려놓는다

꽃이 피고 새들이 노래해
더욱 깊어지는 自我의 세계

복잡한 문제를 풀 방법을
오솔길은 알고 있다

사람들

컴컴한 지하도
희미한 불빛 아래 술에 취해
잠을 자는 사람들

한 노숙인이 내게 들려준다
어느 사람이 술 취한 노숙인의
주머니를 뒤지다 취할 것이 없자
그래도 좀 나은 옷을 벗겨 가고
또 한 사람은
팬티가 메이커라고 벗겨 갔단다

이런 민망한 일이 있을까
농담이길 바란다
하지만 자신을 잃어버린 것은
팬티를 잃은 것보다 더 부끄러우리라

사시나무

많은 나무 중에 한 그루 사시나무
사시나무를 만지자 부르르 떤다

나무야 사시나무야
내가 그리도 무섭니
그렇구나
무차별 산을 뒤집어엎는
난개발업자들 때문이구나
그들도 난공사 뒤에
엄청난 재앙이 온다는 걸
알고 있단다

환경을 변화시켜
홍수와 가뭄이 번갈아 오고
비가 조금 와도 토사로 인해
많은 인명이 죽어가고 있단다
이 일을 어쩌란 말이냐
알면서도 개발하는 그들이
우릴 슬프게 하는구나

사시나무를 만지자
아직도 두려운 듯 부르르 떨고 있다

서울 나들이

등산객 친절에 감사한다고
동물원 자유이용권을 주고 갔다

신이 난 아이와 엄마
손꼽아 서울 나들이를 기다린다
드디어 물어물어 고속버스를 타고
터미널에 내린 아이와 엄마
산더미처럼 쌓인 물건들을 보고
매우 놀란다

순식간에 떨어진 아이와 엄마
아이가 과일가게에서
털보 아저씨께 물어본다

복숭아 먹어도 돼요
돈 내고 먹어라
물은요
여기선 공짜란 없다
어 이상하다 우리 동네선
복숭아 살구 딸기 머루 다래가 모두 공짠데

얼떨결에 다시 만난 아이와 엄마
얘야 한참 찾았잖아 놀랬잖니
엄마 엄마 집에 가자
나 물도 먹고 싶고, 과일도 먹고 싶어
그래 그래 가자꾸나
세상에 물도 돈 내고 먹는 인심
어디 사람 사는 꼴이냐

동물원커녕 터미널만 구경하고
엄마와 아이는 시골로 돌아간다
아이 얼굴이 해맑아진다

명씨 서울 상경기

"한 많은 이 세상에 야속한 님아
정을 두고 몸만 가니 눈물이 난다"

공원 한구석에서 술을 마시며
오늘도 명씨는 노래를 한다
주위 사람들은 욕을 한 마디씩 하고 자릴 뜬다
자세히 보니 그의 눈에 이슬이 맺혀 있다

그의 고향은 마라도라 했다
그곳에 사랑하는 여자가 있는데
단신인 그가 그 여자와 결혼할 방법은
돈을 버는 거였다
집도 사고 배도 사
여자와 함께 살 꿈을 꾼다

큰돈을 벌기 위해 그녀를 기다리게 해놓고
서울행을 택했다
배운 것 없고 돈도 없는 그
막노동을 시작할 수밖에 없었다

하지만 방세 내고
생활비 수도세 전기세 피복비를 제하면
몇 푼 남지 않는다

일년만 더 일년만 더하다가
십년이 됐다
그래서 술을 마신다 했다

"명씨, 이제라도 다시 시작하면 안 되겠소
꿈을 이룰 때까지 말이오
설사 꿈이 이루어지지 않는다 해도
후회 없이 최선을 다해 봅시다"

명씨가 술을 끊었다
그의 꿈이 이루어지길 기도하나니
설사 그리 되지 못해도
부끄럽지 않은 그가 되길 기원한다

도시와 시골 차이

도시 사람 소원
큰집 사서 잘 먹고 잘 사는 것입니다
시골 사람 소원
올 농사가 잘 되는 것이지유

도시 총각
예쁜 여자와 결혼하는 것입니다
시골 총각
마음씨 고우면 그만이지유

도시 아이들
PC방 영수학원 태권도도장 가지요
시골 아이들
학교 끝나면 엄마 도와야 해유

도시 아기
아기야 불편한 데 없니
시골 아기
엄마 등에서 너도 힘들겠구나

로봇 되어가는 도시
자연이 남아 있는 시골
오랜 시간이 지나면
도시는 노예시장이 되고
시골은 정이 뭉쳐 있으리라

도시 테이프

만나서 시시한 얘기
그렇고 그런 얘기들
레스토랑에서 저녁 먹고
디스코장 가서 신나게 춤추고
포장마차에서 소주 먹고
마지막 헤어져야 할 시각
다시 만날 약속하고
스킨십하고

로봇도 이 정도의 감정은 있겠다

남산 섬 되다

파란 하늘 속에 남산이
잠겼구나 올라가 보니
빌딩 바다 위에 홀로 푸른 섬 되어
파란 하늘 속에 잠겨
바다를 굽어보고 있다
하지만 나도 서서히 파란 하늘 속에
잠길 줄이야
턱 괴어 바다를 바라보니
빌딩 사이로 배들이 질주하고
인파는 너울처럼 밀려간다
무엇을 위한 삶들이기에
저리 아우성일까
사람들에게 시달리는 섬도
계절은 어김없이 다가와
단풍 지고 낙엽이 쌓여간다

옥상 위 풍경

아들놈 시골 땅 팔아
할 수 없이 쫓아온 도시

작은 옥상 위
상자에 담긴 고추, 상추, 토마토에
물주는 할배

금쪽 같은 땅 팔아
겨우 이 짓이야
이건 아니다

털썩 주저앉아
옷이 젖는 줄도 모르고
눈물 가득히 한숨을 토한다

제 4 부

수채화 속의 세상

수채화 속의 세상 · 1

누가 엎질렀을까
잉크빛 하늘 속 깊이

누가 그렸을까
붉게 물든 사색의 모음들

꿈에서나 보는 소녀는
아직도 소녀인데
나만 홀로 세월을 보냈을까

기억에서 사라지는
그녀를 그려주오

푸른 하늘
단풍진 곳에서
가을을 보는 모습으로

내 홀로 달려가
오랜 기다림 모아
그곳에 서 있다

수채화 속의 세상 · 2

파란 하늘엔
흰 구름이 점점이 떠가고
단풍진 나무에선
이따금 낙엽진다

초가지붕엔 박이 익어가고
마당엔 고추가 널려 있고
울밑엔 국화가 만발했다

감이 붉게 물들고
밤이 여물어
가시 속에 밤알이 고갤 내민다

디딤돌엔 검정고무신 두 켤레
부부가 사는 줄 알았는데
햇살이 방문까지 파고든다

그림 속 부부 매일 싸워도
정으로 산댄다
싸워도 멋으로 싸우리라

수채화 속의 세상 · 3

길게 늘어선 나무 위에
까치집이 훤히 드러나 보이고
돌아가는 황톳길엔
낙엽이 덮여 있다

까치가 깍깍 울어대며
가을을 즐기고
오솔길 걷는 연인들
사색 깊은 듯
고새 숙여 걷는 모습이 숙연하다

낙엽이 발길에 채이고
길 가장자리에 국화는 곱게 피어
가을이 깊었다

수채화는 멈추지 않고
걷는 두 연인 마음을 그린다

수채화 속의 세상 · 4

아이가 엄마를 그렸다
커다랗고 둥근 얼굴
눈, 코, 입이 오밀조밀 붙어 있다

귀는 당나귀 귀
코는 빗물이 들어갈 듯하고
입은 찢어져 붉게 물들었다

보이지 않게 정이 있고
사랑이 넘친다
손가락 활짝 펴 오라는 듯하다

제목은 예쁜 우리 엄마
아이 눈엔 엄마 그림이 명화다

수채화 속의 세상 · 5

석양은 기울고
노을이 붉게 물든 저녁
삽을 메고 집으로 가는 노인
어깨 무거워지면
백로는 집 찾아 날아가고
개구리 울음 소리 잦아진다

초가집 나무 울타리 문 열고
하얀 수건 쓴 아낙
할배를 반기며 오면
굴뚝에선 흰 연기 피어오르고
닮은 이들 모습에 웃음이 가득하다

방안엔 밥상이 놓여져
부부를 기다리고 있다

수채화 속의 세상 · 6

산을 넘는 나그네 되어
산등성이에 앉아 보니
진달래꽃 사이로 보이는
마을이 평화롭다

옹기종기 집들이 모여 있는 곳
숲 밖 아카시아 나무 위에서
까치들이 마을을 지키고
집 지키는 개는 잠들어 있다

우물가엔 푸른 물이 넘쳐나고
물동이 이고 가는 큰애기 댕기머리
나비같이 나풀거리는 곳
기다림이 남아 있을까

얼만큼 가야 사라질까
초가집에 만개한 복사꽃
날 오라 하듯
감은 눈 속에 어린다

수채화 속의 세상 · 7

붉은 해 산등성이 넘어갈 때
전원은 붉게 물들어가고
둥지 찾아가는 하얀 백로
날개가 붉다

고개 숙였던 달맞이꽃
고개 들어 달을 기다리고
집으로 돌아가는 농부는
밭에 곡괭이와 삽을 두고 간다

가던 길 멈춘 농부
무상히 바라보는 노을 속
새 몇 마리 점점이 사라진다
근심 걱정은 그릴 수가 없다

수채화는 멈춤 없이
새벽녘 남은 일 끝내려는
농부 그리며 기다리고 있다

수채화 속의 세상 · 8

초가집에 둥그렇게
보름달이 떠오릅니다

달 속에 비친 새는 잠들어 있고
나뭇잎 벌레는 조각을 멈추지 않습니다

흑백 밖에 보이지 않는 세상
그녀는 달빛을 밟아가며
침묵 같은 목소리로 내게 말합니다

"이렇게 만나기만 할 거야
서울로 도망가자 우리 응"

달빛에 별들이 지고
샛별은 동녘에서 더 반짝입니다

초가집에서 새어나오는 불빛이
따스한 줄 알았습니다

잠시 세상일 접어두고

사랑만 전념할 초가집에서의
나의 모습이 그립습니다

복받치는 감정을 감춘 채
나는 달빛 속 길을 더 걸어야겠습니다

수채화 속의 세상 · 9

카페 한구석에서
커피를 마신다

피어오르는 커피향
건너편 여자들은 웃음을 그치지 않고
마른 꽃다발 소복이
창가에서 불빛에 어린다

들꽃이 그려진 분청 찻잔
커피는 의미 없이 비워지고
목적 없이 담배 물고
뜻 모를 음악소리에 귀 기울인다

어항 속 금붕어 한가롭다
벽에 걸린 모나리자
미소가 아름답다

라일락꽃

나른한 봄날
라일락 꽃향기에
정신이 번쩍 든다

오랫동안 잊었던 향기
폐 깊이 스며든 향기로
나를 찾는다

목로주점에 앉아
먼 길 쉬는 나그네처럼
나를 머문다

라일락 향기 속에 숨은
너를 찾아
봄 구석구석을 누벼야 한다

그곳에 모아 담아둔 이야기
다 드러내놓고
라일락 향기 속에 서 있으련다

이제야 완연한 봄 속에
내가 있다

뜰 앞에서

산에 피면 산꽃
들에 피면 들꽃

산꽃 들꽃 모아
뜰안에 심었더니

뜰안에 산이 있고
들이 있다

작은 산과 들에
꽃피고 져

삼라만상이
이곳에도 존재한다

까치에게 말한다

울 밖 미루나무에서 가치가
평소와 달리 불평스레 울어댄다

까치야 까치야
왜 그리 불평스레 울어대니
기쁨은 오는 게 아니라 찾는 거란다

농부는 꽃이 피고 열매를 맺는
경이로움에 기뻐하고 수확하는
기쁨도 있지만

거금을 가진 자도 기쁘겠지만
또 지키려 얼마나 고심할까
늘 근심이 사라지지 않으리라

마음에 온 기쁨이
떠나지 않도록 늘 준비하자꾸나

들국화를 보며

들녘 한켠에
들국화 한 무더기
누군가 꽃을 모두 꺾어갔다

국화야 미안하다
생각 없이 잠시의 아름다움을
보기 위해
꽃을 모두 꺾어갔구나

남은 국화 몇 송이
아무 일 없다는 듯 해맑다
그도 자연의 순리란다

자연에 순응하는 것이
인간이 사는 순리와
함께 한다는 것
사람들도 잘 알고 있단다

잠시의 이익을 위해
자연을 파괴한다면

자연은 파괴당한 만큼
인간에게 되돌려준다 한다

돌이킬 수 없는 혼돈으로…

착각

청량리 전철역
한 할머니 짐을 이고 계단을 오른다

짐을 받아 계단을 오르는데
할머니 빈 몸조차 힘들어 보인다

엄마 힘들어?
뻔히 쳐다보는 할머니
미안해요 착각했어요

하지만 그 눈에서는 아들 보듯이
자애로움이 느껴진다

쑥스런 내 모습과 달리
주름진 얼굴에 사랑이 가득 담겨 있다

따스한 하루였다

갈바람 · 1

바람결에 소식 전해도
별만 지누나

내 사랑하는 별은 어디에…
들려오는 바람소리뿐

휙 낙엽이 날리운다

갈바람 · 2

오솔길
돌멩이를 차니
돌멩이가 돌멩이에 부딪친다

나는 왜 외로움을 느낄까
자신을 사랑하지 않아서일까
왜 슬프지
나를 미워해서일까

사랑할 수도
미워할 수도 없는
나는 어떤 사람이길래
마음의 문이 없을까

홀로도 아름답고
홀로도 당당한 꽃 한 송이
외로움이란 찾을 수 없어
나를 미소 짓게 한다

밟히우는 흙이 보드랍고

나는 더 많은 미로를 가야 하고
휙 바람 불어가
내 발길에 낙엽을 날리운다

나뭇잎벌레

나뭇잎 벌레야
네가 만든 나뭇잎 조각품이
낙엽 되어 날리우니
쓸쓸해 보이는구나

조각품 속에 고독을 그리고
낙엽으로 만들어져
사라지려 할 때
아쉬워 바람에 날리울까

아우성이던 전시회 끝나가고
서서히 퇴색하니
늦가을이 마지막 전시회를
남겨 놓았구나

임무를 끝마친 너는
어디로 가려 하느냐

제 5 부

사랑일기

봄이 오면

노란 개나리 꽃 물결
참새들 나들이 왔다
꽃에 취하고
숫총각 참새 개나리꽃 물고
사랑 고백하러 가면
봄이 왔다고
앞산에 진달래 붉게 물들고
안달 난 수꿩이 울어대고
물오른 봄처녀
나물바구니에 봄꽃 가득
봄을 탄다고
가슴앓이를 한다

기다림

많은 사람들이 오가고
또 다른 얼굴들이 스쳐간다

벚꽃이 낙화로 지는 순간
기다림은 여유롭다
그리 곱지 않은 얼굴
정이 넘쳐나는 모습에서
더 깊은 사랑을 느끼리라

아름다움이 지면 추해지지만
정은 깊을수록 정겹다
기다림은
뛰는 가슴 거친 숨결
보이지 않는 정이어라

저기 그녀가 보고 있다
또 다른 기쁨이다

보리밭

철새 날아간 뒤
파랗게 난 보리 이삭

풀벌레 뛰노는 푸른 보리 물결
푸른 이삭 비벼 허기 달래던
머슴의 지게 위에 진달래 붉기만 한데
순이는 보리밭에서 나오지 않고
종달새 높이 떴구나

보리밭 돌아
큰길로 떠나간 님 소식 없고
보리피리 만들어 불며
저 멀리 하늘빛 산 너머
먼 길에 님을 그린다

이제 볼 수 없는 보리밭
강변에서 홀로 보리싹이 커간다

머루는 익어가고

머루 익어가는 산골
다 익었나 살펴 보면
청개구리 앞서 와 있다

주렁주렁 멋이 좋아
아껴 따던 머루
까만 꿈이 영글었구나

노루도 다 먹지 않고 남김은
새 먹이 하려는
배려는 아닐까

햇살에 머루 익어가고
산은 풍성해지고
나는 산골 멋을 즐긴다

여인에게

슬픈 얼굴의 여인아
콘크리트 숲에서 욕심껏 싸우는
삶이 그립더냐

보이지 않는 것을 동경 말고
눈앞에 보이는
온갖 자연의 모습을 사랑하라

하늘에서 땅에서
수시로 변하는 삼라만상이
언제든지 널 오라 손짓한다

거짓 없고 부끄럽지 않은
온갖 아름다운 것들과 더불어
삶이 한 세상을 풍미하는구나

이제 네가
자연을 아끼고 가꾸는 삶으로
자연 속의 주인이 되어라

삭막하고 술수가 난무하는
도시의 삶은
우리의 삶이 아니란다

가을 회고록 · 1

푸른 물이 고여 있는 계곡
파란 하늘이 모여 있고
붉은 단풍잎 걸쳐 있어
물속에서도 가을이어라
송사리 몇 마리
깊은 하늘 속으로 잠수하고
단풍잎 그림자 속으로 숨어
가을을 즐기고 있구나
갈바람에 단풍잎 흔들려
놀란 송사리 돌 틈 속으로 숨어든다
숨을 죽이자
가을이 물살에 사라질까
한세월이 휙 지나칠까
조심스레 바라본다
저 깊은 가을 속에서
남김없이 가을을 보리라

가을 회고록 · 2

넓은 바위 위에
참나무 도토리
갈참나무 도토리
떨어져 있습니다

나뭇잎 져 가을을 알리고
바위 틈새로 핀 가을꽃
가을을 노래합니다

"까도톨아
너는 왜 그리 작니
참나무 도톨씨
쓸데없이 키만 크면 제일이야?"

새 한 마리 우스운 듯 바라봅니다
도토리나무 되어
새 둥지 되는 줄도 모르고
키재기라고 놀려댑니다

가을 회고록 · 3

하늘 구만리
호수에 잠긴 하늘 구구만리
나뭇잎 호수에 걸쳐 물결에 나부끼고
낙엽 배 되어 호숫가를 누빈다

호수를 걷는 연인들
푸르고 푸르러라
가고 싶고 그리움만 남는
내 젊은 시절 아쉬워라

물을 차오르는 물오리 한 마리
낮달을 향해 날갯짓하면
구만리 하늘빛에 잠긴
저기 배는 떠나가리라

나는 가을 속에 잠겨
끝없는 미로를 가는
가을을 닮은 사람
가을처럼 무작정 가을을 찾아가야 한다

山

산이 날 오라네
뿌려진 눈을 밟으며 산에서 살라 하네

오호라 이름 없는 꽃들이 반기고
새들이 노래해 날 위로하네

나는야 초가집 지어
뜰 앞에 우물을 파고
뒷문 복사꽃 살구꽃 만발해
한시도 외로움이 없다네

나를 슬프게 하는 곳 없으니
기쁜 일만 찾아 살아야겠네

산은 정직해
아끼는 만큼 질서로 돌려준다네

사랑일기 · 1

그녀가 가을빛 속
가을꽃을 한 아름 보내왔다
꽃병에 꽃을 꽂아놓고 잠이 든다

하늘은 파랗고
단풍잎 곱게 물든 가을날
무수히 핀 가을꽃 속
나는 말벌
꿀을 따라 꽃가루 따라
비켜라 나비들아
잔벌들아 내가 간다

들국화꽃은 향기롭고
코스모스는 달콤하다
하지만 더 이상 꽃을 딸 수 없다

새로 태어난 여왕벌은
벌집에서 쫓겨나고
따르는 벌 없이
내 홀로 여왕벌 곁으로 간다

꽃 속에서 꿀 따 먹는 여왕벌
나는 신하가 아닌 부군이다
붉게 물든 단풍나무에
말벌집을 지으리다

눈부셔 잠깨어 창을 여니
아침햇살 눈부시다
나는 벌이었을까 사람일까

사랑일기 · 2

7시 50분 어김없이
떨어지는 은행잎 사이로
아침 길 가는 여인

콘크리트 숲 사이로 파란 하늘
노랗게 진 은행잎을 비켜
단아하게 걸어가는 모습

아이보리색 원피스
뽀얀 얼굴 긴 머리
모습 달리 외로워 보입니다

이제 외로운 길 가지 말고
연인들의 추억 길을 갑시다

은행잎 자욱이 지는
깊은 가을 속에서
당신을 기다리겠습니다

들국화

꽃향기는 먹어도
배부르지 않고
나를 부요케 한다

폐 깊이 스며들어
내 전신으로 녹아들면
묵었던 감정 사라지고
비로소 슬픔이 가신다

나는 가벼운 몸으로
세상에 내린 가을을 즐기고
꽃향기 속에 나를 잠재워
흩어진 마음을 추스른다

풍족해져
더 이상 갖추고픈 것 없이
만족해지는 가슴에
국화꽃 향기 가득 채워진다

가을에 오는 들국화여
부끄럽지 않은 삶을 살아가자

등나무

등나무 가지에 별이 앉아
등대처럼 반짝인다

가로등은 잠들어 있고
나그네도 쉬지 않는다

등나무야 등대처럼
길을 잃은 자 길잡이가 되고

가슴이 아픈 자
환한 등대 되어 위로하라

도시의 지독한 소음 속에
작은 침묵의 공간으로 이끌어

삭막한 콘크리트 숲에서
오아시스처럼 우리에게 힘을 달라

민들레꽃

민들레야
더 이상 뿌리를 내릴 곳 없어
빌딩 옥상까지 날아와
노랗게 꽃을 피웠구나

갈 곳 없어 헤매이다
그래도 옥상 작은 밭으로 날아와
너는 영혼처럼 남겨졌구나

모두 사라져 버리는
콘크리트 숲에서
기억으로 남아야 하는 세상

이제 다시 날아가
새롭게 뿌리 내릴 곳 어디메냐
고운 꽃 피울 네 작은 땅마저
모두 빼앗긴 민들레야

기도

나의 삶은 못난이 중의
한 사람입니다
때론 내가 잘난 것은 아닐까
착각할 때가 있었고
갑자기 큰 행운이 내게 와
거금을 손에 넣는다는
꿈을 꾸곤 하지요
그럴 때마다
교만이 생기고
모든 일과 접어두고
황당한 꿈을 꿉니다
작은 일에도 좌절하여
뜻 모르게 소외되었던
열등감에 시달립니다
이제 생활 습관을 바꾸어
행복한 사람이 되어
세상에 도움이 되는 일로
기뻐하고 감사하여
늘 기도케 하옵소서
나의 예수이시여

산도라지

산등성이를 오르다 보면
하얗게 보랏빛으로 피어 있는
산도라지꽃

바위 옆 산비탈에 피어
너는 먼 산을 굽어보는
감성 깊은 꽃이다

도라지야 산도라지야
우리 누이
도라지로 바구니 다 채웠니
다섯 오라비 배 곯는단다

이제 도라지 캐는 사람 없어
산 곳곳에 꽃으로 피어나
산길 가다 멈추어
시집 간 누이를 그려 본다

눈 오는 밤

눈이 덮여 초가집 간 곳 없고
꿩이 내려와 하얀 발자욱
찍어가는 산골

설신을 만드는 노인
아들이 언제 올지 몰라
여유로 한 켤레 더 만드신다

따스한 밥 아랫목에 묻어놓고
매일 찬밥 드시는 할머니
아들 올까 귀 기울이신다

천국 간 아들
이제나 저제나 올까
초가집에 불빛 꺼질 줄 모른다

가을바람 속 서정미 넘치는 노스탤지어의 시적 미학(美學)

–이성섭 제3시집 《수채화 속에 그려진 세상》의 시세계

홍윤기

일본 센슈대학교 대학원 국문학과 문학박사(시문학)
국제뇌교육종합대학원대학교 국학과 석좌교수(현재)
한국문인협회 고문/ 국제펜클럽 한국본부 고문(현재)

2011년, 눈부신 10월 가을 햇빛 속에서 이성섭 제3시집 《수채화 속에 그려진 세상》을 거듭 읽어보았다. 물씬한 가을의 정취 넘치는 이성섭 시인의 서정성은 그야말로 스스로의 '오텀(autumn) 리리시즘' 을 독자에게 듬뿍 안겨주고 있어서 매우 좋았다. 시란 결코 말재주가 아닌 순화된 정서를 새롭고 부드럽게 노래하는 작업이라는 것을 뚜렷이 제시하고 있다.

우선 〈秋林 · 1〉과 〈秋林 · 2〉 2편을 함께 감상해 보자.

휘둥그레진 눈
세상에 펼쳐진 저 붉은 마음들

아름다움을 만들기 위해 단풍은

퇴색의 길을 택하고
본능을 부르는 새들의 날갯짓
생명을 다하여 우는 벌레는
잠들 곳을 찾는다

고독은 푸르러진 개울물같이
밀려오고
단풍진 곳마다 낙엽 쌓여
나를 찾는 의문들이
더 깊은 가을 속으로 이끈다

삶이란 덧없는 것
모두 아름답게 사라지는 곳에
고독이 산재한다는 것
기러기 날아간 빈 자리처럼
아쉬웁고 공허하다

—〈秋林 · 1〉 전문

청천 하늘 바다
하얀 구름 하나 가을을 싣고
서쪽으로 떠나간다

무수히 내렸던
가을의 산재들
아름다움이 절정을 이루고

이 순간을 즐기기 위해

깊은 가을 다 소멸시키고
다음 가을 위해
가을을 거두어간다

파란 하늘 속
가을을 싣고 떠나가는 구름 하나
아쉬워
마지막 가을꽃을 내린다

—〈秋林 · 2〉 전문

이성섭 시인은 〈秋林 · 1〉에서 노래하기를 "고독은 푸르러진 개울물같이/ 밀려오고/ 단풍진 곳마다 낙엽 쌓여/ 나를 찾는 의문들이/ 더 깊은 가을 속으로 이끈다"(제3연)고 했다. 필자는 이 대목에서 문득 내가 좋아하는 독일의 시인 '라이너 마리아 릴케'가 어느 가을날 쓴 것으로 이름난 명시 〈사랑이 어떻게 네게 왔는가〉가 가슴 속에 떠올랐다. 즉 "사랑이 네게 어떻게 네게 왔는가/ 햇빛처럼 꽃바람처럼/ 또는 기도처럼 왔는가// 행복이 반짝거리며 하늘에서 풀려와/ 날개를 겨누고/ 꽃피는 나의 가슴에 크게 걸려 온 것을"이다. 〈秋林 · 2〉에서 보면 "무수히 내렸던/ 가을의 산재들/ 아름다움이 절정을 이루고// 이 순간을 즐기기 위해/ 깊은 가을 다 소멸시키고/ 다음 가을 위해/ 가을을 거두어간다// 파란 하늘 속/ 가을을 싣고 떠나가는 구름 하나/ 아쉬워/ 마지막 가을꽃을 내린다"(2~4연)에서도 떠나가는 가을의 정취에 대한 긍정적 이미지로 메타포 처리하는 솜씨가 세련된 것을 살피게 하고 있다. 즉 이 2편의 시작품들은 화자의 순수 서정미를 유감없이 부각시키면서 시재(詩才)를 두드러지게 잘 보여주고 있다. 더구나 시어가 절제된 시작법은 바람직하다. 마지막 연에서 "가을을 싣고 떠나가는 구름 하나"라는 감각적 묘사도 시의 리리시즘을 고조시켜서 좋았다. 〈秋林〉 2편은 전체적으로 구김 없는 서정미가 담긴 깔끔한 작품이다. 시의 제재(題材)에서는 필자의 작고한 외우(畏友) 李秋林 시인을 연상시키기도 한다.

이번에는 〈갈바람 · 1〉을 감상해 보자.

바람결에 소식 전해도
별만 지누나

내 사랑하는 별은 어디에…
들려오는 바람소리뿐

휙 낙엽이 날리운다

―〈갈바람 · 1〉 전문

이성섭 시인의 서정적 이미지와 메타포 처리의 솜씨가 다시금 신선하게 느껴진다. 요즘 시들을 보면 남들이 흔히 써온 때 묻은 시어가 범람하는데, 짤막한 3연의 〈갈바람 · 1〉 전문을 거듭 음미해 보면, "바람결에 소식 전해도/ 별만 지누나// 내 사랑하는 별은 어디에…/ 들려오는 바람소리뿐// 휙 낙엽이 날리운다"에서처럼 새로운 시어 개발에 힘쓴 이미지 처리의 흔적들이 이 시의 참신성을 북돋아주고 있다. 더구나 이 시 서두의 오프닝 메시지인 "바람결에 소식 전해도/ 별만 지누나"는 리리시즘의 참신성이 표출되어 있어 주목할 만한 표현미를 부각시키기에 족하다.

우리나라 현대시사(現代詩史)를 장식하며 오늘에 이르렀는지를 살펴보는 것도 한국 신시 103년을 맞이하는 오늘의 시점에서 알찬 의미가 있다고 하겠다. 그런 견지에서 한국 현대시 발생의 맥락도 잠시 짚어 본다면 영국 로맨티시즘(낭만주의)을 축으로 하는 독일 낭만주의와 프랑스 심볼리즘(상징주의) 시문학 등, 서구의 영향을 받은 것이 한국 현대시라 할 수 있다. 필자는 '수사학'(修辭學, rhetoric)의 방법론에 입각하여 이성섭 시인의 시작품들을 평가하면서 연구 분석하고 있다. 현대 수사학은 영국 비평가 I. A. 리처드스(Ivor. A. Richards, 1893~1978)에 의해 현대시의 과학적 연구인 「Basic Rules of Reason」(1933), 「Coleridge on Imagination」(1934), 「Basic in Teaching : East and West」(1935), 「The Philosophy of Rhetoric」(1937), 「How to Read a Page」(1942), 「Speculative Instruments」(1955) 등, 새로운 이론을 도입한 것이 필자에게는 적지 않은 공부가 되었다. I. A. 리처드스는 시를 읽는다는 행위를 의식적으로 분석하려는 시 이론을 참신하게 구축했으며, 특히 그는 중국과 일본 등에도 체재하는 등 동양시(東洋詩)에 적지 않은 관심을 기울였던 것도 주목이 된다. 비록 우리나라 현대시의 역사가 짧다고는 하지만 그동안 훌륭한 작품들이 많이 창작되었음을 우리가 함께 살필 수 있다. 오늘날 우리나라에는 시인이 엄청나게 많다고들 한다. 시인이 많다는 것은 참으로 기쁜 일이다. 다만 중요한 것은 독창적인 자아시(自我詩)의 세계 형성이 중요하다고 본다. 그 시인의 대표적인 시가 아닌 특징 있는 작품이거나 화제가 될 만한 시 등, 앞으로 시문학사의 논의를 제기시키자는 견지에서 좋은 시가 계속 나와야 하겠고, 물론 그런 작품들의 성패는 뒷날 문학사가 가름해 줄 것이라고 본다. 아울러 이성섭 시인의 분발도 당부 드린다.

언덕에 앉아
원추리꽃을 바라본다
네가 참말 꽃이구나

저 멀리서 버스가 온다
혹시 님 올까
버스 그냥 지나친다

실바람은
언덕으로 몰려오고
꽃향기 사방으로 손 뻗는다

꽃이 제아무리 아름다워도
사람 아름다움에 비하랴

사랑하고 미워하며
웃고 울며
연인이 될 수 없는 걸

이렇게 초라히

기다림이란 지루한 시각
원추리꽃 곱게 피었어라

―〈원추리꽃 · 1〉 전문

시가 새롭다는 것은 무엇인가. "언덕에 앉아/ 원추리꽃을 바라본다/ 네가 참말 꽃이구나// 저 멀리서 버스가 온다/ 혹시 님 올까/ 버스 그냥 지나친다// 실바람은/ 언덕으로 몰려오고/ 꽃향기 사방으로 손 뻗는다"(1~3연)에서처럼 그것은 지금까지 남이 다루지 않은 새로운 시어 표현으로써 참신한 이미지를 도출하는 작업이다. 격조 있는 시는 뛰어난 상상적 이미지 처리로 독자의 가슴을 훈훈하게 만든다. 〈원추리꽃 · 1〉은 흔히 볼 수 있는 시 같으면서도 그렇지 않은 새로운 예리한 시각이 번뜩이는 이미지가 살아 있는 감각적인 수작이다. 필자는 이성섭 시인과 같은 새타이어 수법이 뛰어난 메타포 기량을 가진 시인의 자질이 당연히 평가되어야 한다고 본다. 따져볼 것도 없이 우리나라에는 빼어난 시인들은 많다. 과연 현실은 어떠한가. 그러나 올바른 평가를 받지 못한 채, 동시에 많은 독자를 접하지 못하는 것이 안타깝기도 한 현실이다. 이성섭 시인은 조탁된 시어와 신선한 이미지 처리로 독자를 감동시킨다. 시의 세련된 표현미를 거듭 평가해도 좋을 작품이다.

꽃아 꽃아 원추리꽃아
너 참 잘 생겼구나

산 곳곳에 피어나

곱게도 산을 장식하고
향기롭게 하는구나

떠나간 님
어서 돌아오라고
붉은 깃발 걸어 놓은 듯
멀리서도 네 모습 선명하다

한 줄기 소나기 지난 여름날
널려 있는 붉은 마음
바람에 나부낀다

—〈원추리꽃 · 2〉 전문

앞에서도 지적했거니와 시에 격(格)이라는 게 있다. 원숙한 경지에 든 〈원추리꽃 · 2〉와 같은 작품을 두고 말할 수 있겠다. 오프닝 메시지에서 "꽃아 꽃아 원추리꽃아/ 너 참 잘 생겼구나"(첫연)로써 이 작품은 새로움의 시세계를 전개한다고 보아 결코 지나친 표현이 아니라고 본다. 한국 현대시 발전에 기여하는 작품이 바로 이런 시가 아닌가 여겨진다. 이런 원숙한 새타이어의 고차원시를 널리 알리고 싶다고 생각한다. 시는 '개념적 묘사'를 직접 쓰는 것이 아니고, 개념을 시언어 예술로, 이렇듯 멋지고 유머러스하게 메타포하는 것이다.

이번에는 〈사시나무〉를 함께 감상해 보자.

많은 나무 중에 한 그루 사시나무

사시나무를 만지자 부르르 떤다

나무야 사시나무야
내가 그리도 무섭니
그렇구나
무차별 산을 뒤집어엎는
난개발업자들 때문이구나
그들도 난공사 뒤에
엄청난 재앙이 온다는 걸
알고 있단다

환경을 변화시켜
홍수와 가뭄이 번갈아 오고
비가 조금 와도 토사로 인해
많은 인명이 죽어가고 있단다
이 일을 어쩌란 말이냐
알면서도 개발하는 그들이
우릴 슬프게 하는구나

사시나무를 만지자
아직도 두려운 듯 부르르 떨고 있다

―〈사시나무〉 전문

〈사시나무〉는 잠언적(箴言的) 알레고리의 메타포가 강한 메시지를 엮어 주목된다. 현대시의 수법은 각양각색이지만 다른 한편으로 하이포벌(hyperbole) 수사기법(修辭技法)이 매우 중요하다. "나무야 사시나무야/ 내가 그리도 무섭니/ 그렇구나/ 무차별 산을 뒤집어엎는/ 난개발업자들 때문이구나/ 그들도 난공사 뒤에/ 엄청난 재앙이 온다는 걸/ 알고 있단다" (제2연)처럼 때로는 사회고발의 의지로써 풍자하는 새타이어의 형상화며 삶의 값진 의미추구의 소재시도 수준급 작품은 독자들에게 새롭게 잘 읽히고 있다고 본다. 해맑은 에스프리(espri, 精髓)가 영롱한 아름다운 이미지들로 잘 엮어내는 로맨티시즘의 서정적 표현미 묘사만이 아니고, 이 작품처럼 강력한 삶의 진실추구의 메시지로서 반어적(反語的) 수사(修辭)는 이 작품의 품도(品度)를 드높여주고 있다. 이것은 화자가 사시나무의 위쪽에 군림하는 폭력적 존재가 아니고 우선 사시나무라는 자연의 소산에 대한 화자의 참다운 자연사랑과 겸손한 승복이다. 비록 지금은 조락의 계절을 맞이하는 자연물이지만 여름내 산천을 푸르고 활기차고 아름답게 엮어주었던 자연에 대한 아름다운 경의(敬意)의 시적 승화이다.

파란 하늘 속에 남산이
잠겼구나 올라가 보니
빌딩 바다 위에 홀로 푸른 섬 되어
파란 하늘 속에 잠겨
바다를 굽어보고 있다
하지만 나도 서서히 파란 하늘 속에
잠길 줄이야
턱 괴어 바다를 바라보니
빌딩 사이로 배들이 질주하고

인파는 너울처럼 밀려간다
무엇을 위한 삶들이기에
저리 아우성일까
사람들에게 시달리는 섬도
계절은 어김없이 다가와
단풍 지고 낙엽이 쌓여간다

―〈남산 섬 되다〉 전문

시의 환상적 서정성은 매우 중요한 한 바탕이다. 왜냐하면 시 본래의 기본 정신은 리리시즘(서정성)이기 때문이다. 화자는 이 작품을 통해 서정적 자연미를 세련되게 이미지 처리하고 있다. 요즘의 시가 대중화되고 있는 것은 결코 바람직한 일이 못되는 만큼 이런 〈남산 섬 되다〉와 같은 잘 다듬어진 판타지의 서정시는 독자에게 값진 텍스트가 될 줄 안다. "파란 하늘 속에 남산이/ 잠겼구나 올라가 보니/ 빌딩 바다 위에 홀로 푸른 섬 되어/ 파란 하늘 속에 잠겨/ 바다를 굽어보고 있다/ 하지만 나도 서서히 파란 하늘 속에/ 잠길 줄이야"(전반부)에서처럼 다만 이 시에서 판타지의 의미 추구를 통한 보다 새롭고 절실한 삶의 의지 그 자체도 "턱 괴어 바다를 바라보니/ 빌딩 사이로 배들이 질주하고/ 인파는 너울처럼 밀려간다/ 무엇을 위한 삶들이기에/ 저리 아우성일까/ 사람들에게 시달리는 섬도/ 계절은 어김없이 다가와/ 단풍 지고 낙엽이 쌓여간다/"(후반부)로서의 이미지 표현도 바람직하다. 다만 여기서 '절실한 삶의 의지'라는 개념적 표현을 보다 심도 있는 시어로써 승화시키면 더 좋았을 듯싶다.

이번에는 〈연자방아〉를 감상해 본다.

연자골 연자방아
돌고 돌아
방아를 찧는다

보리방아 찧으랴
밀방아 찧으랴
산골 처녀 가슴이 뛴다

연자골 연자방아
돌고 돌아
세월이 간다

큰 돌 되어 버린
연자방아
사연도 많구나

아이들이 올라 타
한가롭게
놀고 있다

—〈연자방아〉 전문

〈연자방아〉는 오프닝 메시지로부터 부드럽게 우리의 민속적인 전통과 정취를 회고시킨다. "연자골 연자방아/ 돌고 돌아/ 방아를 찧는다// 보리방아 찧으랴/ 밀방아 찧으랴/ 산골 처녀 가슴이 뛴다// 연자골 연자방아/ 돌고 돌아/ 세월이 간다//

큰 돌 되어 버린/ 연자방아/ 사연도 많구나// 아이들이 올라 타/ 한가롭게/ 놀고 있다"는 풍속도가 옛 정취를 북돋아준다. 때로는 우리 서정시도 이런 여유로운 로맨스가 바람직한 게 아닌가 여겨지는 작품이다. 그러나 무언가 더 치열한 삶의 진실 추구도 곁들인다면 21세기를 살아가는 우리에게 보다 더 값진 '연자방아'를 상기시켜 주리라고 본다.

이어서 〈눈 오는 밤〉을 감상하자.

눈이 덮여 초가집 간 곳 없고
꿩이 내려와 하얀 발자욱
찍어가는 산골

설신을 만드는 노인
아들이 언제 올지 몰라
여유로 한 켤레 더 만드신다

따스한 밥 아랫목에 묻어놓고
매일 찬밥 드시는 할머니
아들 올까 귀 기울이신다

천국 간 아들
이제나 저제나 올까
초가집에 불빛 꺼질 줄 모른다

—〈눈 오는 밤〉 전문

〈눈 오는 밤〉은 화자가 오늘의 농어촌의 현실을 리리컬 터치로 고발하는 새타이어의 시세계다. "눈이 덮여 초가집 간 곳 없고/ 꿩이 내려와 하얀 발자욱/ 찍어가는 산골// 설신을 만드는 노인/ 아들이 언제 올지 몰라/ 여유로 한 켤레 더 만드신다" (제1~2연)는 콘텐츠는 오늘의 시대가 젊은이들의 이농(離農) 현상으로써 농촌의 공동화를 초래한 것이 어제 오늘 일어난 화제는 아니지만, 자칫 우리가 망각하기 쉬운 현실의 불합리한 허구성을 자극시키기에 충분한 바람직한 시작품이다.

우리는 무엇 때문에 詩를 쓰는가. 시는 단지 아름다운 노래로써 그치는 것이 아니며 국가 사회 발전의 정서적 가치 구축의 언어 예술이다. 그러기에 이 시대가 요청하는 시를 시인은 창작하여 엮어내야만 한다. 또한 시인이 詩를 쓰는 데 있어서 우리나라 시문학사(詩文學史)의 발자취 정도는 알고 시를 써야 한다고 본다. 그냥 좋아서 쓰는 것이 아니고 한국 시인으로서 한국인의 시사(詩史)를 올바르게 파악할 필요가 있을 것이다.

인간의 역사상 가장 먼저 쓴 詩는 지금부터 벌써 약 4천년 이전부터였다. 인간은 문자를 기록하면서 詩를 썼다. 그 詩는 다음과 같이 오늘에 읽어 보아도 매우 뛰어난 이미지와 능란한 메타포를 하고 있다. "하늘이라고 불리우는 것의 위에 없을 때/ 또한 땅이라는 이름의 것의 아래에 없을 때"라는 이런 시구(詩句)가 진흙 점토판(粘土板)에 새겨진 것이 고대(古代) 바빌로니아(메소포타미아 남부) 유적에서 발굴됨으로써 인류 최초의 詩가 고증되었다. 이 詩는 이미 그 까마득한 원시에 벌써 인간의 논리(論理)가 아닌 감각(感覺)을 詩로 썼다는 데에 더욱 우리를 경탄시키고 있다.우리나라에서도 이미 지금부터 약 2500년 전 고조선시대에 지었다는 〈공무도하가〉(公無渡河歌)가 전해 온다. 사언사구(四言四句)로 지은 고시(古詩)이다. 일본에 문자가 처음으로 나타난 것은 5세기 말경부터의 일이다.

그 당시 백제의 오경박사였던 왕인(王仁)은 백제(구다라)로부터 《천자문》책 등을 가지고 왜나라 땅의 구다라스로 건너갔다. 왕인박사는 그 무렵 왜국을 지배하던 백제인 정복왕 오진(應神, 6~7C/ 백제 곤지왕자)천황의 초청으로 건너가서 왜왕실에서 태자에게 문자를 가르치게 되었다. 서기5세기 말이던 그 시절 우리나라에는 문자가 한자어 밖에 다른 글자는 없었다.

조선 세종(1418~1450 재위) 때 '한글'이 나오기 전까지, 우리는 조선말에다 맞춰서 삼국시대부터 한자어로 소리(音)와 새김(訓)을 맞추는 '이두(吏讀)'라는 한자어 글자 표기를 했다. 더구나 미개한 나라였던 왜국에 글자가 있을 리 없었다. 그 때문에 왕인은 사언고시(四言古詩) 1천 글자로 엮은 한자 학습서인 《천자문》을 가지고 왜의 백제인 왕실로 건너간 것이다.

그 무렵까지 글자를 모르던 문맹의 터전이었던 왜나라에는 비로소 처음으로 백제인 왕인에 의해 문자 문화가 발생하게 된다. 왕인은 왜왕실의 스승이자 서문수(西文首)라는 교육부장관으로서 정무(政務)도 보는 가운데 장차 오진(應神)천황의 제4왕자 대작명(오호사자기노미코토, 大雀命)을 닌토쿠(仁德)천황으로 왕위에 등극시키는 큰일을 도맡았다. 왕인은 위대한 고대 한국 시인이었다.

이성섭 제3시집 《수채화 속에 그려진 세상》을 읽으면서 굳이 왕인의 발자취를 찬양하는 뜻을 독자 여러분도 이해하여 주시리라 여기며 이성섭 시인의 다음 시집도 아울러 크게 기대하련다.

이성섭 제3시집
수채화 속에 그려진 세상
•
지은이 / 이성섭
펴낸이 / 김재엽
펴낸곳 / 한누리미디어
디자인 / 지선숙
•
121-840, 서울시 마포구 서교동 395-13 서원빌딩 2층
전화 / (02)379-4514, 379-4519
Fax / (02)379-4516
E-mail/hannury2003@hanmail.net
•
신고번호 / 제300-2006-61호
등록일 / 1993. 11. 4
•
초판발행일 / 2011년 10월 15일
•

•
값 8,000원
•
※잘못된 책은 바꿔드립니다.
•
ISBN 978-89-7969-403-1 03810